IVAN BOBO

LIVROS DA RAPOSA VERMELHA

Liev Tolstói
IVAN BOBO

Ilustrações: Decur

Tradução: RUBENS FIGUEIREDO

LIVROS DA RAPOSA VERMELHA

NOTA À EDIÇÃO

A fábula de Ivan Bobo encontra suas raízes nos contos da tradição oral russa. Assim como fez Italo Calvino com os contos populares italianos, Liev Tolstói reuniu os contos de seu país. No seu caso, o gesto teve uma finalidade didática e serviu como complemento prático do manual teórico que ele mesmo criou para combater o analfabetismo do campesinato.

Tolstói, que afirmou que o seu trabalho como educador foi o mais importante de todos os que realizou, era adepto do *mens sana in corpore sano*. Por isso, complementava as práticas de ensino com módulos de ginástica, e preferia o jardim à sala para dar aulas.

Os princípios de sua pedagogia se baseavam no respeito por si mesmo e por seus semelhantes. Em Ivan, as forças do bem, representadas pela ética do trabalho e pela socialização de seus frutos, e as do mal, encarnadas pela especulação, pela acumulação desmedida e pela guerra, enfrentam-se em uma luta que arrefece por meio da trajetória interior da personagem principal, cuja sabedoria consiste em conhecer a si mesmo e, por conseguinte, conhecer os limites para canalizar uma energia não belicosa, orientada ao ato de compartilhar, que é uma das formas do amor.

Conto sobre Ivan Bobo e seus dois irmãos:
Semion Guerreiro e Tarás Barrigudo,
e sobre a irmã muda Malánia,
o diabo velho e os três capetinhas.

Era uma vez um reino, um país, onde vivia um mujique rico. E o mujique rico tinha três filhos: Semion Guerreiro, Tarás Barrigudo e Ivan Bobo, além da filha muda e solteira, Malánia. Semion Guerreiro foi para a guerra, servir ao rei. Tarás Barrigudo foi para o mercado, na cidade, trabalhar no comércio, e Ivan Bobo e a moça ficaram trabalhando em casa, pegando no pesado. Semion Guerreiro ganhou um alto cargo, uma grande propriedade e casou com a filha de um senhor de terras. O ordenado era grande e a propriedade também, mas ele não conseguia cobrir as despesas: tudo o que o marido juntava de um lado a esposa nobre gastava do outro; nunca tinham dinheiro. E Semion Guerreiro foi à propriedade para pegar a renda. O administrador lhe disse:

– Não tem de onde tirar; não temos gado, nem ferramentas, nem cavalos, nem vacas, nem arado, nem ancinho; é preciso comprar tudo... aí vai ter renda.

E Semion Guerreiro foi falar com o pai.

– Paizinho, você é rico e não me deu nada. Separe a terça parte e me dê, que vou transferir para a minha propriedade.

O velho disse:

– Você não trouxe nada para minha casa, por que vou lhe dar um terço? Ivan e a menina vão ficar ofendidos.

E Semion respondeu:

– Mas ele é um bobo e ela é muda e solteira; não precisam de nada disso.

O velho disse:

– Vamos ver o que diz o Ivan.

E Ivan disse:

– Tudo bem, pode levar.

Semion Guerreiro levou sua parte da casa, transferiu para sua propriedade, partiu de novo para servir ao rei.

Tarás Barrigudo ganhou muito dinheiro – casou com a filha de um comerciante, mas nunca tinha o bastante, procurou o pai e disse:

– Separe a minha parte e me dê.

O velho não quis dar para Tarás sua parte.

– Você nunca nos deu nada, o que tem aqui em casa foi o Ivan que pagou. Não se pode fazer uma desfeita dessas com ele e com a menina.

E Tarás respondeu:

– Ora, ele é um bobo. Não pode casar, ninguém vai querer, e a menina é muda, também ninguém quer. Ivan, me dê a metade dos cereais; não vou pegar as ferramentas e dos animais também só vou levar o garanhão ruço, você não usa esse animal para puxar o arado.

Ivan riu.

– Tudo bem, vou pôr o cabresto.

Deram para Tarás sua parte. Tarás transportou o cereal para a cidade, levou o garanhão cinzento e Ivan ficou com uma égua velha e trabalhou no campo como antes, para alimentar o pai e a mãe.

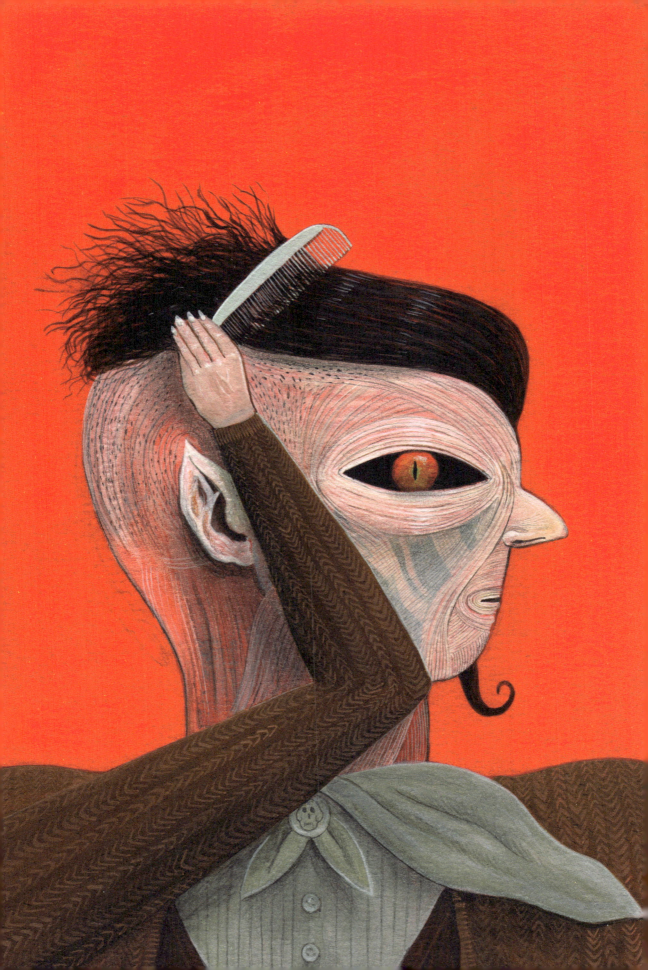

O Diabo Velho ficou aborrecido porque os irmãos não brigaram por causa da partilha, mas entraram num acordo por amor. E então gritou para os três capetinhas:

– Vejam só – disse –, são três irmãos: Semion Guerreiro, Tarás Barrigudo e Ivan Bobo. Eles tinham de brigar uns com os outros, mas vivem em paz: se dão bem e amigavelmente. O Bobo estragou todos os meus planos. Agora vocês três vão até lá, dominem aqueles três e deixem todos tão perturbados que fiquem com vontade de arrancar os olhos uns dos outros. Podem fazer isso?

– Podemos – responderam.

– E como vão fazer?

– Assim: primeiro vamos deixar todos numa penúria tão grande que não vão ter nada para devorar, depois vamos juntar os três num bolo e eles vão ter de brigar.

– Certo, está bem – respondeu. – Vejo que conhecem seu ofício; vão em frente e não apareçam na minha frente antes de estragar a vida dos três, senão vou arrancar o couro de vocês três.

Os capetinhas foram para um pântano, começaram a estudar como resolver a questão; discutiram, discutiram, cada um queria ficar com a parte mais fácil do trabalho, e acabaram resolvendo

sortear quem ia cuidar de quem. E, se um deles terminasse antes, voltaria para ajudar os outros. Os capetinhas tiraram a sorte e combinaram um prazo para voltar ao pântano, saber quem havia obtido sucesso primeiro e quem ia receber ajuda.

Passou o prazo e os capetinhas se reuniram no pântano. Começaram a explicar como andava o trabalho de cada um. O primeiro capetinha falou de Semion Guerreiro.

– Meu trabalho está indo bem – disse ele. – Amanhã, meu Semion vai à casa do pai.

Seus camaradas logo perguntaram:

– Como foi que você fez?

– Ah – respondeu –, primeiro inspirei no Semion uma coragem tão grande que ele prometeu a seu rei conquistar o mundo inteiro e o rei fez de Semion o grande chefe, mandou-o guerrear contra o rei da Índia. Encontraram-se para o combate. Mas naquela mesma noite molhei toda a pólvora da tropa de Semion e, para o rei da Índia, transformei feixes de palha em soldados que não acabavam mais. Os soldados de Semion viram que eram atacados de todos os lados por soldados de palha e ficaram com medo. Semion mandou suas tropas dispararem: os canhões e os fuzis não atiraram.

Os soldados de Semion se assustaram e fugiram como ovelhas. E o rei da Índia venceu. Semion Guerreiro se cobriu de vergonha, tomaram sua propriedade e querem executá-lo amanhã. Só me resta um dia para cumprir minha tarefa, tirá-lo da prisão e deixar que fuja para casa. Amanhã vou liquidar a questão, portanto me digam qual dos dois tenho de ajudar.

O outro capetinha, o de Tarás, passou a contar como andava sua missão:

– Eu não preciso de ajuda. Meu trabalho também andou bem, Tarás não vai viver mais de uma semana. Primeiro, fiz crescer nele uma barriga e inspirei nele a inveja. Ele tem uma inveja tão grande dos bens dos outros que tudo o que vê quer comprar para si. Saiu comprando tudo até não poder mais, gastou todo o seu dinheiro e ainda continuou comprando. Agora começou a comprar com dinheiro emprestado.

Já está enterrado até o pescoço e se enrolou de tal jeito que não tem mais como resolver a situação. No prazo de uma semana, virão cobrar e eu vou transformar todas as suas mercadorias em estrume, ele não vai pagar e irá para a casa do pai.

Perguntaram ao terceiro capetinha a respeito de Ivan.

– E o seu trabalho, como vai?

– Pois é – respondeu –, meu trabalho não anda bem, não. Primeiro cuspi no seu jarro de kvás para que ele tivesse dor de barriga e fui para sua lavoura, bati tanto na terra que ela ficou dura feito pedra, para ele não poder lavrar. Pensei que o Ivan não ia conseguir arar, mas ele, o bobo, chegou com o arado e começou a abrir sulcos. Gemia de dor de barriga, mas não parava de arar. Quebrei um arado dele, o bobo foi em casa, pegou outro, consertou, prendeu hastes novas e começou a arar outra vez. Eu me enfiei embaixo da

terra, agarrei as relhas, mas não tinha jeito de barrar seu caminho, ele empurrava o arado e as relhas eram pontudas; machuquei minhas mãos todas. Ele arou quase tudo, só ficou faltando uma faixa. Venham me ajudar, irmãos – disse ele –, se nós juntos não vencermos o Ivan, todo o nosso trabalho estará perdido. Se o bobo resistir e continuar lavrando a terra, eles não vão passar necessidade e o bobo vai alimentar os dois irmãos.

O capetinha encarregado de cuidar de Semion Guerreiro prometeu ir ajudar no dia seguinte e os capetinhas se despediram.

III

Ivan arou o campo inteiro, só ficou faltando uma faixa de terra. Foi terminar. A barriga doía e ele tinha de arar. Apertou as cordas, virou o arado e foi arar. Assim que deu a primeira volta e começou a retornar, pareceu que uma raiz ou alguma coisa tinha bloqueado o arado. Mas eram as pernas do capetinha agarradas em torno da lâmina, segurando. "Que coisa estranha!", pensou Ivan. "Aqui não tinha raiz nenhuma, mas agora apareceu." Ivan enfiou a mão no sulco, apalpou: uma coisa mole. Ele segurou, puxou. Preta que nem uma raiz, mas naquela raiz alguma coisa se mexia. Olhou: um capetinha vivo.

– Ora essa – exclamou –, que coisa nojenta!

Ivan sacudiu, quis esmagar a cabecinha dele, mas o capetinha começou a guinchar:

– Não bata em mim – disse –, faço tudo o que você quiser.

– O que vai fazer para mim?

– É só dizer o que você quer.

Ivan coçou a cabeça.

– Minha barriga está doendo – disse. – Pode dar um jeito?

– Posso – respondeu.

– Então cure.

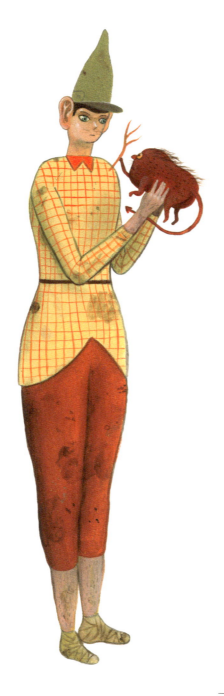

O capetinha se abaixou para dentro do sulco do arado, procurou, procurou com as unhas, puxou uma raiz que se dividia em três, deu para Ivan.

– Tome – disse –, quem engolir uma dessas raízes não vai mais sentir dor nenhuma.

Ivan pegou uma raiz, cortou, engoliu. A dor de barriga passou na mesma hora.

O capetinha começou a pedir de novo:

– Agora me solte, vou me enfiar na terra, não vou mais subir.

– Está bem – respondeu. – Vá com Deus.

E, assim que Ivan falou de Deus, o capetinha sumiu embaixo da terra, como uma pedra atirada na água, e só ficou um buraco. Ivan meteu no chapéu as duas raízes que sobraram e foi terminar de arar a terra. Arou a faixa de terra até o fim, tirou o arado e foi para casa. Desatrelou o cavalo, entrou na isbá, e o irmão mais velho, Semion Guerreiro, estava sentado com a esposa, jantando. Tiraram dele sua propriedade, a muito custo tinha conseguido fugir da prisão para ir morar na casa do pai.

Semion viu Ivan.

– Vim morar com você; dê comida para mim e para minha esposa, até que apareça um novo lugar.

– Está bem – respondeu. – Morem aqui.

Ivan só queria sentar no banco, mas a fidalga não gostou do cheiro de Ivan. Disse para o marido:

– Não posso jantar com o cheiro de mujique do meu lado.

Semion Guerreiro disse:

– Minha fidalga disse que seu cheiro não é bom, você podia ir comer lá fora.

– Tudo bem – respondeu Ivan. – Tenho mesmo de levar a égua para o pasto da noite.

Ivan pegou um pão e o caftã e foi para o pasto da noite.

IV

Naquela noite, o capetinha de Semion Guerreiro o deixou e foi procurar o capetinha de Ivan, para ajudá-lo a atormentar o bobo. Chegou ao campo lavrado; procurou. Procurou seu camarada – não estava em lugar nenhum, só achou um buraco. "Bem", pensou, "na certa aconteceu uma desgraça com meu camarada, tenho de ocupar seu lugar. A terra já foi arada, vou ter de pegar o bobo na ceifa."

O capetinha foi para o prado, fez correr uma enxurrada; a ceifa ficou toda coberta de lama. Ivan voltou de manhã cedo, vindo do pasto da noite, amolou a gadanha, foi ceifar o campo; brandiu a gadanha uma vez, outra vez – a gadanha ficou cega, não cortava, era preciso amolar. Ivan amolou, amolou.

– Não – disse Ivan. – É melhor ir para casa, vou trazer o esmeril e um pão redondo e grande. Mesmo que eu fique uma semana, não vou embora daqui sem ceifar.

O capetinha escutou e ficou pensando.

– Esse bobo é osso duro – disse –, não vou levar a melhor desse jeito. É preciso inventar outras tramoias.

Ivan chegou, amolou a gadanha, começou a ceifar. O capetinha se enfiou no capim, começou a segurar a gadanha com o calcanhar e a fincar a ponta na terra. Ivan teve dificuldade, mesmo assim terminou de ceifar – só restou um pedaço de terra num brejo. O capetinha se enfiou no brejo e pensou: "Mesmo que eu corte minhas patas, não vou deixar o bobo ceifar."

Ivan chegou ao brejo; olhou – o capim não estava grosso, mas ele não conseguia cortar com a gadanha. Ivan se irritou, começou a ceifar com toda a força; o capetinha começou a ceder – não teve tempo de pular; quando viu, a situação estava ruim, escondeu-se num arbusto. Ivan ergueu a gadanha, acertou no arbusto, cortou ao meio o rabo do capetinha. Ivan terminou de ceifar, mandou a irmã passar o ancinho e ele mesmo foi ceifar o centeio.

Saiu com o facão, mas o capetinha de rabo cortado já estava lá, tinha feito tamanha confusão no centeio que o facão não cortava. Ivan voltou, pegou uma foice e tratou de ceifar – ceifou o centeio todo.

– Bem – disse –, agora tenho de cuidar da aveia.

O capetinha de rabo cortado ouviu e pensou: "No centeio, não consegui, então vou dar um jeito na aveia, é só esperar até de manhã." De manhã, o capetinha foi correndo para o campo de aveia, mas a aveia já estava toda ceifada: Ivan tinha ceifado de noite para a aveia não se espalhar muito. O capetinha se irritou.

– O bobo me cortou e me atormentou – disse. – Nem na guerra tive tanto problema! O desgraçado não dorme, com ele não se pode perder tempo! Agora vou até o fim, vou estragar tudo para ele.

E o capetinha foi para uma meda de centeio, enfiou-se no meio dos feixes, começou a apodrecer: esquentou os feixes, ele mesmo ficou quente e cochilou. Ivan atrelou a égua e foi com a irmã trabalhar no campo. Foi até a meda, começou a carregar a carroça. Jogou dois feixes na carroça, enfiou o forcado e acertou em cheio no traseiro do capetinha; levantou, olhou; nas pontas do forcado, um capetinha vivo, e com o rabo cortado, se contorcia, queria pular fora.

– Puxa vida – exclamou Ivan. – Que nojo! De novo você por aqui?

– Eu sou outro, aquele era meu irmão – disse o capetinha. – Eu cuidei do seu irmão Semion.

– Pois eu nem quero saber quem é ou quem não é, eu vou é acabar logo com você!

Quis atirá-lo contra uma pedra, mas o capetinha começou a implorar.

– Me solte, não vou fazer mais nada, e ainda faço o que você quiser.

– E o que você pode fazer?

– Posso transformar qualquer coisa em soldados para você, quantos quiser.

– Mas para que servem eles?

– Ora, para o que você quiser; eles podem fazer tudo.

– Podem tocar música?

– Podem.

– Então faça isso.

E o capetinha disse:

– Pegue aquele feixe de centeio, bata com a parte de baixo na terra e diga assim: "Meu escravo ordena que não seja mais um feixe de centeio e que cada palha se transforme num soldado."

Ivan pegou o feixe, bateu na terra e falou o que o capetinha mandou. E o feixe se desmanchou, se transformou em soldados, e os da frente tocavam tambor e corneta.

Ivan deu uma risada.

– Ora essa – exclamou. – Que beleza! Isso vai divertir minha irmã.

– Certo – disse o capetinha. – Agora me solte.

– Não, primeiro tenho de tirar os grãos do feixe, senão vou perder o centeio à toa. Ensine como transformar os soldados de novo num feixe de centeio. Vou debulhar.

O capetinha disse:

– É só dizer assim: "Cada soldado se transforme numa palha. Meu escravo ordena que seja de novo um feixe!"

Ivan falou e o feixe voltou a ser feixe.

E o capetinha recomeçou a implorar.

– Agora me solte.

– Está bem!

Ivan botou o capetinha no chão, segurou com a mão e tirou do forcado.

– Vá com Deus – disse. E assim que falou de Deus o capetinha se enfiou por baixo da terra, como uma pedra atirada na água, e só ficou um buraco.

Ivan chegou em casa e lá estava seu outro irmão, Tarás, sentado com a esposa, jantando. Tarás Barrigudo não tinha feito as contas direito, fugiu das dívidas e foi para a casa do pai. Ele viu Ivan.

— Pois é, Ivan. Enquanto eu não volto para o comércio, dê comida para mim e para minha esposa.

— Está bem — respondeu Ivan. — Morem aqui.

Ivan tirou o caftã, sentou-se à mesa.

Mas a filha do comerciante disse:

— Não posso comer do lado de um bobo: o suor dele cheira mal.

Tarás Barrigudo disse:

— Ivan, seu cheiro não é bom, vá comer lá fora.

— Está bem — respondeu Ivan. Pegou um pão e foi para fora.

— Tenho mesmo de levar a égua para o pasto da noite.

V

Naquela noite, o capetinha de Tarás deu sua missão por terminada – foi ajudar seus camaradas a atormentar Ivan Bobo. Chegou ao campo arado, procurou, procurou os camaradas – não achou ninguém, só achou um buraco. Foi para o prado – achou um pedaço de rabo no brejo, encontrou o centeio ceifado e debulhado e mais um buraco na terra. "Puxa", pensou, "pelo visto aconteceu alguma desgraça com meus camaradas, tenho de ocupar o lugar deles e cuidar do bobo."

O capetinha foi procurar Ivan. Mas Ivan já havia terminado o trabalho nos campos e tinha ido cortar madeira na floresta.

Os irmãos moravam juntos e havia pouco espaço, mandaram o bobo cortar madeira para fazer outra isbá para ele morar.

O capetinha chegou à floresta, trepou nos galhos, começou a atrapalhar o bobo. Ivan cortava as árvores do jeito certo, para caírem num lugar vazio, e começou a derrubar uma árvore – ela tombou torta, caiu para o lado errado, ficou agarrada nos galhos. Ivan cortou o tronco no meio, começou a puxar, a muito custo derrubou a árvore. Ivan foi cortar outra árvore – de novo a mesma coisa. Bateu, bateu, só a muito custo conseguiu terminar. Partiu para a terceira – de novo a mesma coisa. Ivan pensou em cortar meia centena de árvores, mas quando anoiteceu tinha cortado só dez.

E Ivan estava esgotado. Um vapor saía do seu corpo, como uma neblina na floresta, mas ele não ia desistir. Derrubou mais uma árvore e suas costas doeram tanto que ele não tinha mais forças; cravou o machado num tronco e sentou para descansar. O capetinha percebeu que Ivan estava cansado e ficou alegre. "Bem, está sem forças", pensou. "Agora eu também vou descansar." Sentou-se a cavalo num galho e ficou alegre. Mas Ivan levantou-se, pegou o machado, brandiu com toda a força de um lado para o outro, bateu em cheio na árvore e ela caiu de uma só vez, com estrondo. O capetinha não contava com aquilo, não teve tempo de encolher a perna, o galho quebrou e espremeu sua pata. Ivan começou a desbastar os galhos, olhou: um capetinha vivo. Ivan ficou surpreso.

– Ora essa – exclamou. – Que nojo! Você outra vez?

– Eu sou outro. Estava cuidando do seu irmão Tarás.

– Pois seja você qual for, também não vai ficar aqui!

Ivan levantou o machado, queria bater nele com o cabo. O capetinha implorou:

– Não bata, farei o que você quiser.

– E o que você pode fazer?

– Posso lhe dar quanto dinheiro quiser.

– Muito bem, então faça isso!

E o capetinha lhe ensinou como fazer.

– Pegue uma folha desse carvalho e triture nas mãos. Vai começar a cair ouro no chão.

Ivan pegou umas folhas, esfregou – caiu ouro.

– Isso é bom – disse ele – quando a gente passeia e brinca com as crianças.

– Me solte – disse o capetinha.

– Claro! – Ivan pegou o machado e soltou o capetinha – Vá com Deus! – E, assim que falou de Deus, o capetinha se enfiou embaixo da terra, como uma pedra atirada na água, e só ficou um buraco.

VI

Os irmãos construíram casas e começaram a viver cada um por sua conta. Ivan terminou seus trabalhos nas plantações, fez cerveja e chamou os irmãos para festejar. Os irmãos não foram à casa de Ivan.

– Não vamos a festas de mujiques – disseram.

Ivan convidou os mujiques, as camponesas e ele mesmo bebeu bastante – ficou um pouco embriagado e foi para a rua, na dança de roda. Chegou perto dos que estavam dançando, mandou as mulheres fazerem elogios a ele.

– Vou dar para vocês uma coisa que nunca viram na vida.

As mulheres riram e começaram a fazer elogios a ele. Elogiaram até cansar e então disseram:

– Muito bem, agora dê.

– Vou buscar num instante – disse Ivan. Pegou um cesto e correu para a floresta. As mulheres riram: "Esse bobo!". E se esqueceram dele. Aí olharam: Ivan voltava correndo, trazia o cesto cheio de alguma coisa.

– Devo distribuir?

— Distribua.

Ivan apanhou um punhado de ouro, jogou para as mulheres. Nossa! As mulheres correram para pegar; os mujiques pularam, tomavam uns dos outros, arrancavam. Por pouco não mataram uma velha. Ivan ria.

— Ah, vocês são bobinhos mesmo, para que sufocaram a velha? Sejam mais delicados que vou lhes dar mais. — Começou a jogar mais ouro.

O povo veio correndo, Ivan esvaziou o cesto. Eles começaram a pedir mais. E Ivan respondeu:

— Acabou. De outra vez eu dou mais. Agora vamos dançar e tocar músicas.

As mulheres tocaram músicas.

— Suas canções não são bonitas — disse ele.

— Quais são melhores?

— Pois eu vou mostrar para vocês agora mesmo.

Ivan foi à eira coberta, pegou um feixe de centeio, sacudiu, colocou de pé e cravou na terra.

— Pronto — disse. — Escravo, faça que não seja mais um feixe e que cada palha vire um soldado.

O feixe se desmanchou, virou uma porção de soldados; os tambores e as cornetas começaram

a tocar. Ivan mandou que os soldados tocassem canções, foi com eles para a rua. O povo ficou admirado. Os soldados tocaram canções e Ivan os levou de volta para a eira coberta, não deixou que ninguém fosse com ele e transformou de novo os soldados num feixe e jogou de novo no palheiro. Foi para casa e deitou para dormir no depósito.

VII

O irmão mais velho, Semion Guerreiro, soube de tudo aquilo e foi à casa de Ivan.

– Conte de onde você trouxe os soldados e para onde levou.

– De que vão servir para você?

– De que vão servir? Com soldados, pode-se fazer tudo. Pode-se conquistar um reino.

Ivan ficou admirado.

– Ah, é? Por que não me disse antes? Posso fazer quantos soldados você quiser. Felizmente eu e a irmã juntamos muitos feixes.

Ivan levou o irmão para a eira coberta e disse:

– Olhe só, vou fazer os soldados e você vai levar embora, senão vão ter de comer e vão devastar a aldeia toda num dia.

Semion Guerreiro prometeu levar os soldados embora e Ivan começou a fazer soldados. Bateu um feixe no chão – uma companhia de soldados; bateu outro feixe, mais uma; fez tantos soldados que eles encheram o campo todo.

– Assim já dá?

Semion se alegrou e disse:

– Dá. Obrigado, Ivan.

– Muito bem. Se precisar de mais, venha cá que eu faço. Hoje tem muita palha.

Na mesma hora Semion Guerreiro deu ordens para as tropas, pôs todos em forma e partiu para a guerra.

Assim que Semion Guerreiro foi embora, Tarás Barrigudo chegou – também tinha sabido da novidade da véspera e pediu ao irmão:

– Conte para mim onde arranjou o ouro. Se eu tivesse esse mar de dinheiro para mim, ia ganhar todo o dinheiro do mundo.

Ivan ficou admirado.

– Puxa! Devia ter me dito isso há muito tempo. Vou lhe dar todo o ouro que quiser.

O irmão ficou alegre:

– Então me dê uns três cestos.

– Claro, vamos até a floresta, mas atrele um cavalo, senão não vai dar para trazer.

Foram para a floresta; Ivan começou a esfregar folhas de carvalho. Fez um monte grande.

– Será que já dá?

Tarás alegrou-se.

– Por enquanto dá – respondeu. – Obrigado, Ivan.

– Certo. Se precisar de mais, venha que eu esfrego mais folhas, ainda sobraram muitas.

Tarás Barrigudo levou uma carroça cheia de dinheiro e foi negociar.

Os dois irmãos foram fazer suas coisas. Semion Guerreiro foi guerrear e Tarás Barrigudo foi fazer negócios. Semion Guerreiro conquistou um reino para si, Tarás Barrigudo acumulou um monte de dinheiro.

Os irmãos se encontraram e revelaram um para o outro onde Semion tinha arranjado os soldados e onde Tarás tinha arranjado o dinheiro.

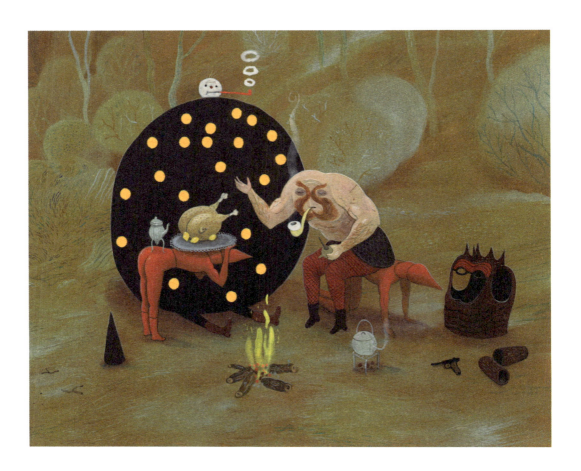

Semion Guerreiro disse ao irmão:

– Conquistei um reino para mim e vivo bem, só que não tenho dinheiro suficiente para alimentar os soldados.

Tarás Barrigudo disse:

– E eu ganhei uma montanha de dinheiro, só há um problema: não tenho quem tome conta do dinheiro.

Semion Guerreiro disse:

– Vamos falar com o irmão Ivan. Vou mandar que ele faça mais soldados e dou para você vigiar seu

dinheiro, e você pede a ele que faça mais dinheiro e me dá para eu alimentar os soldados.

E foram falar com Ivan. Chegaram à casa do irmão. Semion disse:

– Meus soldados são poucos, irmão, faça mais alguns, talvez umas duas medas de palha.

Ivan balançou a cabeça.

– Não vou fazer mais soldados para você assim à toa.

– Mas como? Você prometeu.

– Prometi – disse. – Mas não vou mais fazer.

– Mas por que não vai mais fazer, seu bobo?

– Porque seus soldados mataram um homem. Outro dia eu estava lavrando o campo perto da estrada: aí vi uma mulher levando um caixão na carroça pela estrada, ela chorava alto. Perguntei: "Quem morreu?" Ela disse: "Os soldados de Semion mataram meu marido na guerra." Pensei que os soldados fossem tocar música, mas eles mataram um homem. Não vou mais fazer.

Ivan fincou pé e não fez mais soldados.

Então Tarás Barrigudo pediu a Ivan Bobo que fizesse mais ouro para ele.

Ivan balançou a cabeça.

– Não vou mais esfregar folhas à toa – respondeu.

– Mas como? Você prometeu.

– Prometi, mas não faço mais.

– E por que não vai mais fazer, seu bobo?

– Porque o seu ouro tirou a vaca de Mikháilovna.

– Tirou como?

– Tirou tirando. Mikháilovna tinha uma vaca, os filhos dela tomavam o leite da vaca, mas outro dia os filhos dela vieram me pedir leite. Perguntei: "Mas onde está sua vaca?" Responderam: "O administrador de Tarás Barrigudo veio, deu três moedas de ouro para mamãe, ela deu a vaca para ele e agora a gente não tem leite para beber." Pensei que você queria brincar com suas moedas de ouro, mas você tirou a vaca das crianças. Não vou mais fazer!

E o bobo fincou pé, não deu mais. Assim, os irmãos foram embora.

Os irmãos foram embora e começaram a discutir para encontrar um jeito de resolver seu problema. Semion disse:

– Vamos fazer o seguinte: você me dá dinheiro para alimentar os soldados e eu dou para você metade do reino e dos soldados para vigiar seu dinheiro.

Tarás concordou. Os irmãos dividiram tudo e os dois viraram reis e ficaram ricos.

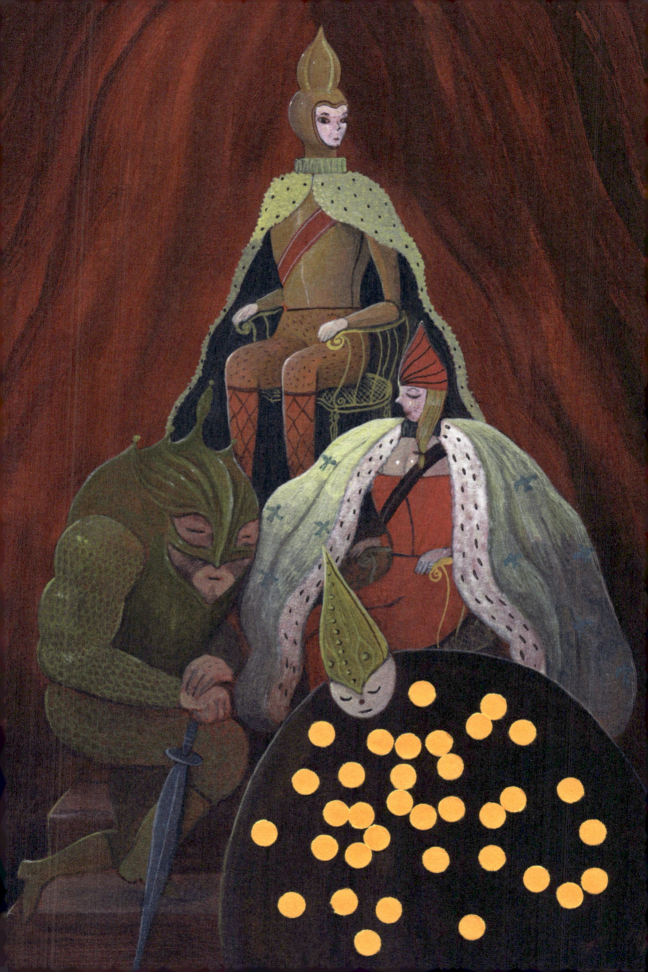

VIII

Ivan vivia em sua casa, alimentava o pai e a mãe e trabalhava nos campos com a irmã muda.

Um dia o velho cão de guarda de Ivan ficou doente, sarnento, começou a morrer. Ivan teve pena, pegou um pouco de pão da irmã muda, pôs no chapéu, levou para o cachorro e jogou para ele. Mas o chapéu tinha rasgado e, junto com o pão, ele pegou uma raiz. O cachorro velho abocanhou a raiz junto com o pão. E, assim que engoliu a raiz, o cachorro pulou, começou a brincar, a latir, a sacudir o rabo – ficou curado.

O pai e a mãe viram e se admiraram.

– O que foi que você jogou para o cachorro? – perguntaram.

Ivan respondeu:

– Eu tinha duas raízes que curam qualquer doença e o cachorro abocanhou uma.

E naquela época aconteceu que a filha do rei ficou doente e o rei proclamou em todas as aldeias e cidades que quem curasse sua filha ganharia uma recompensa e, se fosse solteiro, casaria com ela. Fizeram a proclamação também na aldeia de Ivan.

O pai e a mãe chamaram Ivan e disseram:

– Você soube o que o rei mandou avisar? Você contou que tem uma raiz, então leve para a filha do rei. Você vai ser feliz para sempre.

– É mesmo – respondeu Ivan.

E se preparou para partir. Vestiu-se, saiu para a varanda e viu uma mendiga de braço torto.

– Ouvi dizer que você pode curar. É verdade? Então cure meu braço, não consigo nem me calçar.

Ivan disse:

– Claro!

Pegou a raiz, deu para a mendiga, mandou engolir. A mendiga engoliu e ficou curada, na mesma hora começou a mexer o braço. O pai e a mãe saíram para acompanhar Ivan na visita ao rei, souberam que Ivan tinha dado a última raiz e que não havia mais como curar a filha do rei e começaram a reclamar:

– Teve pena de uma mendiga, mas não teve pena da filha do rei! – disseram.

Ivan teve pena da filha do rei. Atrelou o cavalo, pôs umas palhas numa caixa e subiu na carroça para partir.

– Mas aonde você vai, seu bobo?

– Vou curar a filha do rei.

– Mas você não tem mais com que curar.

– Dá-se um jeito – respondeu Ivan e tocou o cavalo.

Chegou à corte do rei e, assim que pisou na entrada, a filha do rei se curou.

O rei se alegrou, mandou chamar Ivan, vestiu-o, enfeitou-o.

– Você será meu genro – disse.

– Está certo – respondeu.

E Ivan casou com a princesa. Em pouco tempo, o rei morreu. E Ivan virou rei. Assim, os três irmãos se tornaram reis.

IX

Os três irmãos reinavam.

O mais velho, Semion Guerreiro, vivia bem. Com os soldados de palha, juntou soldados de verdade. Ordenou que, em todo o reino, cada dez casas fornecessem um soldado e que esse soldado fosse grande e forte, de corpo branco e cara limpa. Juntou muitos soldados assim e treinou todos. E, se alguém não concordava com ele, logo mandava os soldados fazerem tudo como ele queria. E todo mundo passou a ter medo dele.

Sua vida ficou melhor. Qualquer coisa em que pensava ou em que seus olhos batiam por um momento logo era dele. Mandava os soldados, eles tomavam, traziam e entregavam tudo de que ele precisava.

Tarás Barrigudo também vivia bem. Não gastou o dinheiro que Ivan lhe dera e fez o dinheiro aumentar ainda mais. Mantinha seu reino em boa ordem. Guardava seu dinheiro consigo, em cofres, e cobrava impostos do povo. Cobrava pelos servos, pela água, pela cerveja, pelos casamentos, pelos enterros, pelas estradas, pelos caminhos, pelas alpercatas, pelas perneiras, pelos babados das roupas. E tudo o que imaginava ele tinha. Por dinheiro, levavam tudo para ele e trabalhavam para ele, porque todo mundo precisa de dinheiro.

Ivan Bobo não vivia mal. Assim que enterrou o sogro, despiu todos os trajes reais, entregou à esposa para esconder num cofre, vestiu de novo a camisa de cânhamo, calçou as alparcatas de palha e as calças velhas e foi trabalhar.

– Essa vida me dá tédio – disse. – A barriga começou a crescer, não durmo nem como direito.

Trouxe o pai, a mãe e a irmã muda e começou de novo a trabalhar.

Diziam para ele:

– Mas você é o rei!

– Está bem, mas um rei também precisa comer.

O ministro foi falar com ele.

– Não temos dinheiro para pagar os salários – disse.

– Está bem, não tem dinheiro, então não pague.

– Mas aí eles não vão mais servir ao rei.

– Está bem, deixe, não vão servir, aí vão ficar livres para trabalhar; precisam retirar o estrume, deixaram juntar muito.

Pediram a Ivan que julgasse uma questão. Disseram:

– Ele roubou meu dinheiro.

Ivan disse:

– Está bem! Quer dizer que estava precisando.

Todos entenderam que Ivan era um bobo. Sua esposa também lhe disse:

– Dizem que você é um bobo.

– Está bem – respondeu.

A esposa de Ivan pensou, pensou, e ela também era boba.

– Como é que vou falar contra meu marido? Aonde vai a agulha, vai a linha.

Tirou as roupas reais, pôs dentro de um cofre, foi falar com a moça muda para aprender a trabalhar. Aprendeu e passou a ajudar o marido.

E os inteligentes foram embora do reino de Ivan, só ficaram os bobos. Ninguém tinha dinheiro. Viviam, trabalhavam para alimentar a si mesmos e as pessoas boas.

O Diabo Velho esperou muito tempo notícias dos capetinhas sobre como haviam destruído os três irmãos – não chegou notícia nenhuma. Foi ele mesmo ver o que tinha acontecido; procurou, procurou, não achou os capetinhas em lugar nenhum, só encontrou três buracos. "Bem", pensou, "pelo visto, não conseguiram. Eu mesmo vou ter de cuidar do caso."

Foi procurar, mas os irmãos já não estavam nos lugares de antes. Encontrou-os em reinos diferentes. Os três reinavam. O Diabo Velho ficou indignado com aquilo.

– Bem – disse –, eu mesmo vou cuidar do caso.

Em primeiro lugar, foi atrás de Semion Guerreiro. Não foi com sua aparência normal, mas disfarçado de um grande chefe militar, e assim se apresentou ao rei Semion.

– Eu soube que o rei Semion é um grande guerreiro. Sou muito entendido desses assuntos e quero servir a você.

O rei Semion começou a lhe fazer perguntas e viu que era um homem inteligente – tomou-o a seu serviço.

O novo general começou a ensinar o rei Semion a formar um exército forte.

– Antes de tudo – disse – é preciso juntar mais soldados, porque no seu reino tem muita gente andando à toa. É preciso alistar todos os jovens, sem distinção, então você vai ter um exército cinco vezes maior do que era. Em segundo lugar, tem de trazer fuzis e canhões novos. Vou lhe trazer fuzis tão bons que atiram cem balas de uma só vez, como se cuspissem ervilhas. E vou trazer canhões que fazem tudo pegar fogo. Seja um homem, um cavalo ou um muro, tudo pega fogo.

O rei Semion obedeceu ao novo general, mandou todos os jovens se alistarem no Exército e fez fábricas novas; fabricou fuzis e canhões novos e logo declarou guerra contra o reino vizinho. Assim que as tropas inimigas vieram a seu encontro, o rei Semion mandou seus soldados dispararem balas dos fuzis e fogo dos canhões; na mesma hora metade do exército foi mutilada e incendiada. O rei vizinho se apavorou, rendeu-se e abandonou seu reino. O rei Semion ficou alegre.

– Agora vou vencer o rei da Índia.

E o rei da Índia ouviu falar do rei Semion, imitou todas as suas

invenções e inventou mais algumas por sua própria conta. O rei da Índia convocou para o exército não só todos os rapazes, mas também todas as moças solteiras e formou um exército ainda maior do que o do rei Semion, imitou os fuzis e os canhões do rei Semion e ainda inventou um jeito de voar e jogar bombas do ar.

O rei Semion foi à guerra contra o rei da Índia, achou que ia guerrear e vencer como antes, mas a foice tanto corta que perde o fio. O rei da Índia nem deixou que as tropas de Semion atirassem, mandou suas mulheres pelo ar para jogar bombas sobre as tropas de Semion. As mulheres começaram a jogar bombas nas tropas de Semion, como veneno nas baratas; todas as tropas de Semion fugiram e o rei Semion ficou sozinho. O rei da Índia tomou o reino de Semion e o rei Semion fugiu para o mais longe que pôde.

Uma vez liquidado aquele irmão, o Diabo Velho foi cuidar do rei Tarás. Disfarçou-se de mercador e se estabeleceu no reino de Tarás, começou a fazer negócios, começou a pôr muito dinheiro em circulação. O comerciante começou a pagar caro por qualquer coisa e todo mundo corria para o mercador para obter dinheiro.

E o povo juntou tanto dinheiro que pagou todos os impostos atrasados e começou a pagar todos os tributos em dia.

O rei Tarás ficou alegre. "Graças ao mercador, agora vou ter mais dinheiro ainda, minha vida vai ficar ainda melhor." E o rei Tarás começou a alimentar novas fantasias, começou a construir um palácio novo. Mandou o povo lhe enviar madeira, pedras e vir trabalhar, estabeleceu preços altos para tudo. O rei Tarás achou que, como antes, o povo viria correndo trabalhar para ele, em troca de seu dinheiro. Mas, vejam só, estavam mandando toda a madeira e todas as pedras para o mercador e todo mundo ia trabalhar para ele. O rei Tarás aumentou ainda mais o preço, mas o mercador cobriu

sua oferta. O rei Tarás tinha muito dinheiro, mas o mercador tinha ainda mais e cobria todas as ofertas do rei. O palácio real parou; não foi construído. O rei Tarás quis construir um jardim. Chegou o outono. O rei Tarás determinou que o povo viesse plantar o jardim para ele – não veio ninguém, todo mundo foi cavar um lago para o mercador. Chegou o inverno. O rei Tarás inventou de comprar peles de zibelina para fazer um casaco novo. Mandou comprar, veio o emissário e disse:

– Não tem zibelina: todas as peles estão com o mercador, ele pagou mais caro e fez um tapete com as peles.

O rei Tarás teve necessidade de comprar garanhões. Mandou comprar, vieram os emissários:

todos os bons garanhões estavam com o mercador, levando água para encher o lago. Todas as obras do rei pararam, ninguém fazia nada, todos trabalhavam para o mercador, apenas levavam para ele o dinheiro que vinha do mercador, para pagar os impostos.

E o rei juntou tanto dinheiro que não tinha mais onde guardar e a vida ficou ruim. O rei já havia parado de inventar obras novas; só queria levar sua vida sossegado, e não conseguia. Tudo era difícil. Os cozinheiros, os cocheiros, os criados começaram a deixar o rei e ir para o mercador. Ele começou até a não ter o que comer. Ia ao mercado comprar alguma coisa – não tinha nada: o mercador comprava tudo, e só lhe davam o dinheiro dos impostos.

O rei Tarás se irritou e mandou o mercador sair do país. Mas o mercador se estabeleceu exatamente na fronteira – tudo continuou igual: como antes, levavam tudo o que era do rei para o mercador, em troca do seu dinheiro. O rei vivia cada vez pior, dias seguidos sem ter o que comer, e ainda por cima correu o boato de que o mercador estava se gabando de que queria comprar o próprio rei e a esposa do rei. O rei Tarás teve medo e não sabia o que fazer.

Semion Guerreiro foi falar com ele e disse:

– Me sustente, o rei da Índia me derrotou.

Mas o próprio rei Tarás estava num beco sem saída.

– Eu mesmo estou há dois dias sem ter o que comer.

XI

O Diabo Velho liquidou os dois irmãos e foi cuidar de Ivan. O Diabo Velho se disfarçou de general, chegou à casa de Ivan e tentou convencê-lo de que devia formar um exército.

– Não convém que um rei não tenha um exército. É só você mandar que eu logo convoco soldados no seu povo e formo um exército.

Ivan obedeceu.

– Está bem – respondeu –, forme um exército, ensine os soldados a tocar músicas bem bonitas, eu gosto disso.

O Diabo Velho saiu pelo reino de Ivan para alistar soldados voluntários. Avisou que todos que raspassem a cabeça e entrassem no exército iam ganhar uma jarra de vodca e um gorro vermelho.

Os bobos acharam graça.

– Bebida a gente tem de sobra, a gente mesmo destila, e gorros as mulheres fazem quantos a gente quiser, até enfeitados e com franjinhas.

Assim, não apareceu ninguém. O Diabo Velho foi falar com Ivan:

– Os seus bobos não vão para o Exército voluntariamente, é preciso trazer essa gente à força.

– Está bem – respondeu Ivan –, traga à força.

E o Diabo Velho mandou que todos os bobos se alistassem no Exército e avisou que quem não fosse o rei Ivan ia matar.

Os bobos foram falar com o general:

– Você diz que o rei vai mandar matar quem não entrar no Exército, mas não disse o que a gente vai fazer no Exército. Dizem que no Exército também matam os soldados.

– Sim, não há como evitar.

Os bobos ouviram aquilo e fincaram pé.

– Não vamos. É melhor morrer em casa. E não há mesmo como evitar a morte.

– Seus bobos, como vocês são bobos! – exclamou o Diabo Velho. – Os soldados podem morrer ou não, mas, se vocês não se alistarem, é certo que o rei Ivan vai matar vocês.

Os bobos pensaram no assunto, foram falar com o rei Ivan Bobo e perguntaram:

– Apareceu um general, mandou todo mundo se alistar no Exército. "Quem se alistar pode morrer ou não morrer no Exército, mas quem não se alistar é certo que o rei Ivan vai matar." É verdade mesmo?

Ivan deu uma risada.

– Onde já se viu? Como é que eu sozinho posso matar todos vocês? Se eu não fosse um bobo, explicaria para vocês, só que eu mesmo não entendo.

– Então a gente não vai.

– Está certo, não vão.

Os bobos foram falar com o general e se recusaram a entrar no

Exército. O Diabo Velho viu que sua missão não estava indo bem; foi falar com o rei das baratas, ganhou sua confiança.

– Vamos à guerra contra o rei Ivan. Ele não tem dinheiro, mas são muitos os cereais, os animais e todo tipo de bens.

O rei das baratas foi à guerra. Formou um exército grande, arranjou fuzis, canhões, atravessou a fronteira, começou a invadir o reino de Ivan.

Foram falar com Ivan e disseram:

– O rei das baratas está em guerra contra a gente.

– Está bem – respondeu. – Deixe.

O rei das baratas cruzou a fronteira com seu exército, mandou sua vanguarda procurar as tropas de Ivan. Procuraram, procuraram, e nada de achar as tropas. Esperaram e esperaram até cansar, achando que iam acabar aparecendo. Mas não havia nem sinal das tropas, não havia contra quem lutar. O rei das baratas mandou seus soldados tomar as aldeias. Os soldados chegaram a uma aldeia – os bobos e as bobas correram para ver os soldados e se admiraram. Os soldados começaram a pegar o gado e os cereais dos bobos; os bobos entregaram e ninguém opôs resistência. Os soldados foram a outra aldeia – aconteceu a mesma coisa. Os soldados andaram um dia, andaram mais um dia – em toda parte era a mesma coisa: davam tudo, ninguém opunha

resistência e chamavam os soldados para morar com eles.

– Se vocês, meus caros, estão vivendo mal em sua terra, venham de uma vez morar com a gente.

Os soldados andaram, andaram, olharam – não havia tropa nenhuma; todo o povo vivia, se alimentava e alimentava as pessoas; não opunham resistência e chamavam os soldados para morar com eles.

Os soldados começaram a ficar entediados e foram falar com seu rei das baratas.

– A gente não consegue lutar, mande a gente para outro lugar; é bom fazer uma guerra, mas isto aqui é como cortar um pudim. A gente não pode mais combater neste lugar.

O rei das baratas ficou zangado, mandou os soldados percorrerem todo o reino, devastar as aldeias, as casas, queimar os cereais, massacrar o gado.

– Se não obedecerem à minha ordem – disse –, vou executar vocês.

Os soldados se apavoraram, começaram a cumprir a ordem do rei. Incendiaram as casas e os cereais, mataram o gado. Os bobos continuaram sem opor resistência, apenas choraram. Os velhos choravam, as velhas choravam, a criançada chorava.

– Por que vocês nos maltratam? – diziam. – Por que destroem as coisas? Se precisam, é melhor levar para vocês.

Os soldados começaram a sentir vergonha. Não continuaram com aquilo, e o exército inteiro se dispersou.

XII

O Diabo Velho também foi embora – não conseguiu liquidar Ivan com os soldados.

O Diabo Velho se disfarçou de um puro nobre e foi viver no reino de Ivan: queria pegar Ivan com o dinheiro, como tinha feito com Tarás Barrigudo.

– Eu quero lhe fazer o bem – disse –, ensinar você a ter bom senso e inteligência. Vou construir uma casa na sua terra e vou fazer negócios.

– Está bem – respondeu Ivan. – More aqui.

O puro nobre pernoitou e de manhã foi à praça, pegou um grande saco de ouro, uma folha de papel e disse:

– Vocês todos vivem como porcos. Quero ensinar como se deve viver. Construam para mim uma casa conforme este projeto aqui. Vocês trabalham, eu mostro como se faz e vou lhes pagar com estas moedas de ouro.

E mostrou as moedas de ouro. Os bobos ficaram admirados: nunca na vida tiveram dinheiro, quando queriam alguma coisa, faziam trocas uns com os outros ou pagavam com trabalho. Ficaram admirados com o ouro.

– Que coisinhas bonitas – disseram.

E começaram a trocar coisas e trabalho por moedas com o puro nobre.

O Diabo Velho começou a distribuir ouro, como tinha feito com Tarás Barrigudo, e os bobos trocavam com ele todas as coisas e qualquer trabalho por moedas de ouro. O Diabo Velho ficou alegre, pensou: "Minha missão não está indo mal! Agora vou acabar com o bobo, como fiz com Tarás, vou comprar o Ivan com tripas e tudo." Assim que os bobos levaram as moedas de ouro para casa, todas as mulheres fizeram colares, todas as mocinhas enfeitaram as tranças e as crianças começaram a brincar com as moedas na rua. Todo mundo já tinha muito ouro e os bobos não quiseram mais pegar moedas. A construção do palacete do puro nobre ainda estava na metade, os cereais e o gado ainda não davam para um ano, o puro nobre mandou que fossem trabalhar para ele, que lhe levassem cereais e gado; disse que daria muito ouro por tudo e pelo trabalho.

Ninguém foi trabalhar, ninguém levou nada. Um menino ou uma menina ia lá de vez em quando para trocar um ovo por uma moeda de ouro, e só, mais ninguém, e ele não tinha nada para comer. O puro nobre estava passando fome, foi à aldeia comprar o almoço. Meteu-se no pátio de uma casa, ofereceu uma moeda de ouro por uma galinha – a dona da casa não deu.

– Já tenho muito disso – respondeu.

Ele foi falar com uma camponesa que vivia sozinha, queria comprar um arenque com o ouro.

– Não preciso disso, meu caro – respondeu ela. – Não tenho filhos para brincar com as moedas e eu já peguei três moedas para matar a curiosidade.

Ele foi à casa de um mujique para comprar pão. O mujique também não queria dinheiro:

– Não preciso – respondeu. – Se quer um pedaço, em nome de Cristo, espere um pouquinho que mando a mulher cortar.

O Diabo deu umas cusparadas e foi embora da casa do mujique. Não ia pegar nada em nome de Cristo, e escutar aquelas palavras era ainda pior do que levar uma facada.

Assim, ele também não conseguiu pão nenhum. Foi à casa de todo mundo. Aonde quer que o Diabo Velho fosse, ninguém lhe dava nada por dinheiro e todos diziam:

– Traga alguma outra coisa ou venha trabalhar ou então pegue o que quiser em nome de Cristo.

Mas o Diabo não tinha nada em casa, a não ser dinheiro, e não tinha vontade de trabalhar; e não podia pegar nada em nome de Cristo. O Diabo Velho se irritou.

– Do que mais vocês precisam, se eu lhes dou dinheiro? – perguntou. – Com ouro, podem comprar tudo e podem contratar qualquer trabalho.

Os bobos não lhe deram ouvidos.

– Não, a gente não precisa – responderam. – Nós não temos de pagar salários nem impostos, para que precisamos do dinheiro?

O Diabo Velho foi deitar sem ter o que comer.

O caso chegou aos ouvidos de Ivan Bobo. Foram falar com ele e perguntaram:

– O que vamos fazer? Apareceu aqui um puro nobre: adora comer e beber coisas gostosas, adora vestir roupas boas, mas não quer trabalhar, não pede nada em nome de Cristo e só sabe dar moedas de ouro para todo mundo. Antes, enquanto as pessoas não tinham ouro, davam tudo para ele, mas agora não dão mais. O que vamos fazer com ele? Vai acabar morrendo de fome.

Ivan ouviu com atenção.

– Está bem, ele tem de se alimentar. Deixe que ele vá de casa em casa, como um pastor.

Não houve jeito, o Diabo Velho começou a andar de casa em casa. Chegou a vez da casa de Ivan. O Diabo Velho chegou para almoçar, e a irmã muda de Ivan se preparava para comer. Muitas vezes os mais preguiçosos enganavam a moça. Sem terem trabalhado, chegavam mais cedo para o almoço e comiam a kacha toda. Então a moça muda usava de uma esperteza e identificava os vadios pelas mãos: quem tinha calos nas mãos recebia comida e quem não tinha ganhava as sobras. O Diabo Velho se esgueirou até a mesa, mas a moça muda pegou suas mãos, examinou – sem calos, limpas, lisas e de unhas compridas. A muda resmungou e empurrou o Diabo para fora da mesa.

E a esposa de Ivan lhe disse:

– Não leve a mal, puro nobre, minha cunhada não deixa ninguém sem calos na mão sentar à mesa. Olhe, dê um tempinho só, deixe as pessoas comerem, depois você come o que sobrar.

O Diabo Velho se indignou porque ali, na casa do rei, queriam lhe dar a comida dos porcos. Foi falar com Ivan:

– Que bobagem é essa de ter uma lei no seu reino que obriga todo mundo a trabalhar com as mãos? Você é que inventou essa besteira. Por acaso é só com as mãos que as pessoas trabalham? Com o que você acha que as pessoas inteligentes trabalham?

E Ivan respondeu:

– Como é que nós, bobos, vamos saber? Todos nós só sabemos trabalhar com as mãos e com as costas.

– Isso é porque vocês são bobos. Pois eu vou lhe ensinar como trabalhar com a cabeça; aí você vai reconhecer que trabalhar com a cabeça é mais rápido do que com as mãos.

Ivan se admirou.

– Bem – disse –, não é à toa que chamam a gente de bobos!

E o Diabo Velho começou a falar:

– Só que não é fácil trabalhar com a cabeça. Olhe só, você não quer me dar nada para comer porque não tenho calos nas mãos e porque não sabe que é cem vezes mais difícil trabalhar com a cabeça. Às vezes a cabeça chega a estalar.

Ivan ficou pensando.

– Então por que você – perguntou –, meu caro, se tortura desse jeito? Por acaso é fácil estalar a cabeça? Era mais fácil você trabalhar com as mãos e com as costas.

O Diabo respondeu:

– A razão por que eu me torturo é que tenho pena de vocês, bobos. Se não me torturasse assim, vocês continuariam bobos para sempre. Eu me matei de trabalhar com a cabeça para agora poder ensinar a vocês.

Ivan ficou admirado.

– Ensine – disse –, pois de vez em quando as mãos se cansam e a gente, quem sabe, pode usar a cabeça no lugar das mãos.

E o Diabo prometeu ensinar.

E Ivan proclamou em todo o reino que tinha aparecido um puro nobre que ia ensinar todo mundo a trabalhar com a cabeça e que com a cabeça era possível produzir mais do que com as mãos, portanto todo mundo tinha de vir aprender.

No reino de Ivan, haviam construído uma torre alta e nela havia uma escada íngreme que dava num mirante de observação. Ivan levou o nobre lá em cima para ele ficar à vista de todo mundo.

O nobre ficou de pé no alto da torre e de lá começou a ensinar. Os bobos se juntaram para ouvir. Os bobos achavam que o nobre tinha ido lá para lhes mostrar como

trabalhar com a cabeça e sem as mãos. Mas o Diabo Velho ensinou só com palavras como se podia viver sem trabalhar.

Os bobos não entenderam nada. Olharam, olharam e foram embora cuidar da vida.

O Diabo Velho passou um dia na torre, passou outro dia, e não parava de falar. Ficou com fome. Mas os bobos não tiveram a ideia de mandar pão para o alto da torre. Acharam que, se ele podia trabalhar melhor com a cabeça do que com as mãos, ia dar um jeito de conseguir pão com a cabeça.

O Diabo Velho passou mais um dia no alto da torre – e não parava de falar. Mas o povo chegava perto, olhava, olhava e ia embora. Ivan até perguntou:

– E aí, pessoal, o nobre começou a trabalhar com a cabeça?

– Ainda não – respondiam. – Continua só falando.

O Diabo Velho passou mais um dia no alto da torre e começou a ficar fraco; uma vez, cambaleou e bateu com a cabeça numa pilastra. Um bobo viu, falou para a esposa de Ivan, que correu para avisar o marido, no campo lavrado.

– Vamos lá olhar – disse. – Falaram que o nobre começou a trabalhar com a cabeça.

Ivan ficou admirado.

– É mesmo?

Virou o cavalo, foi para a torre. Chegou à torre e o Diabo Velho já estava muito enfraquecido de fome, começava a cambalear e batia com a cabeça na pilastra. Na hora em que Ivan se aproximou, o Diabo tropeçou e despencou de cabeça pela escada – foi contando todos os degraus, um por um.

– Bem – disse Ivan –, o puro nobre disse a verdade quando falou que às vezes a cabeça estala. É pior do que os calos na mão: um trabalho desses deixa a cabeça da gente cheia de galos.

O Diabo Velho rolou até o fim da escada e bateu com a cabeça na terra. Ivan quis chegar perto e ver se ele tinha trabalhado muito, mas de repente o chão se abriu e o Diabo Velho se enfiou por dentro da terra, só ficou um buraco. Ivan coçou a cabeça.

– Puxa vida – exclamou –, que nojo! É ele outra vez! Deve ser o pai daqueles outros... Como era parrudo!

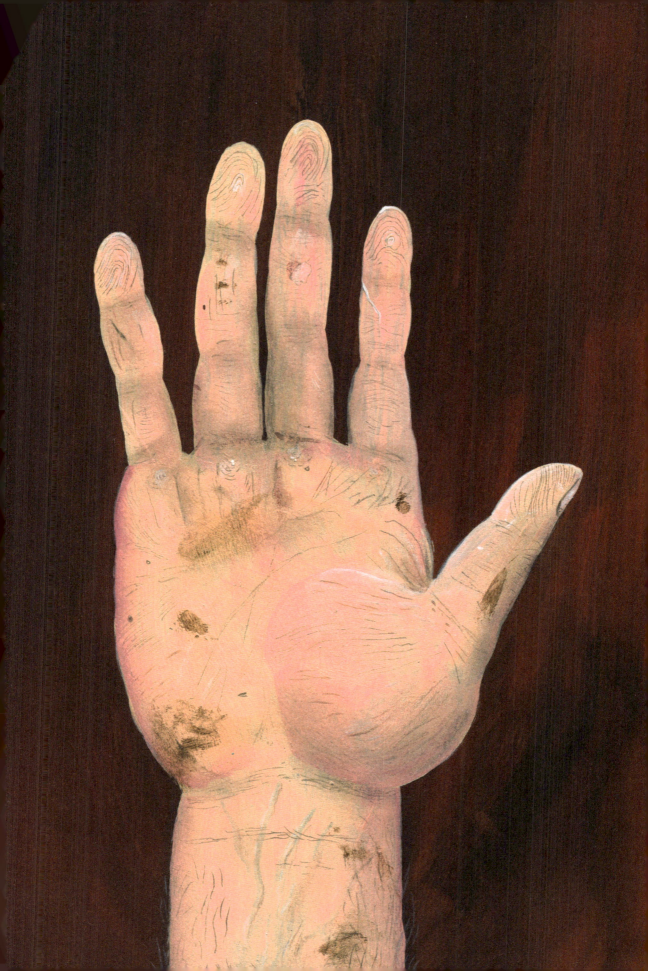

XIII

De lá para cá, Ivan continua vivendo e o povo vem de toda parte para o seu reino, seus irmãos também foram morar com ele e Ivan os alimenta. Para quem chega e diz: "Dê comida para nós", Ivan responde:

– Está bem. More aqui, nós temos muito e de tudo.

No reino dele só existe um costume: quem tem calos nas mãos come na mesa, mas quem não tem come as sobras.

Título original: *Skazka ob Ivane-durake i yegó dvuj brátiaj:*
Semione-voine i Tarase-briujane, i nemói sestré Malania,
i o stárom diávole i trioj cherteniátaj

Texto: Liev Tolstói
© 2019, das ilustrações: Guillermo Decurgez (Decur)
© 2019, da edição original: Libros del Zorro Rojo, Barcelona
©2018, da tradução: Rubens Figueiredo
Tradução negociada por acordo com a Editora Companhia das Letras.

© 2022, Livros da Raposa Vermelha, São Paulo, para a presente edição
www.livrosdaraposavermelha.com.br

Diretor editorial: Fernando Diego García
Direção de arte: Sebastián Garcia Schnetzer
Revisão: Marisa Rosa Teixeira

I S B N: 978-65-86563-18-4

Dados Internacionais de Catalogação na Publicação (CIP)
(Câmara Brasileira do Livro, SP, Brasil)

Tolstói, Liev, 1828-1910
Ivan Bobo / Liev Tolstói ; ilustrações Decur ; tradução Rubens Figueiredo.
Ubatuba, SP : Livros da Raposa Vermelha, 2022.

Título original: Skazka ob Ivane-durake i yegó dvuj brátiaj: Semione-voine
i Tarase-briujane, inemói sestré Malania, i o stárom diávole
i triojcherteniátaj.
I S B N 978-65-86563-18-4

1. Contos russos I. Decur. II. Título.

22-114976   CDD-891.73

Índices para catálogo sistemático:
1. Contos : Literatura russa 891.73
Eliete Marques da Silva - Bibliotecária - CRB-8/9380

Primeira edição: julho 2022

Todos os direitos reservados. A reprodução não autorizada
desta publicação, no todo ou em parte, constitui violação
de direitos autorais. (Lei 9.610/98)